飛行刺蝟

阿涅絲・德・雷史塔德|文|
夏洛特・德・林涅希|圖| 尉遲秀|譯|

目錄

第一章

爸爸失業了

爸爸是在八月底丟掉工作的。工廠倒閉，他也「被擊倒了」——他是這麼說的。九月學校開學的時候，我去上學，爸爸卻留在家裡。這種感覺好奇怪。

每個新的學年，老師都會要我們填一張學生資料卡，在上面

寫我們的地址、生日，還有其他的資料。這是第一次，我在「父親職業」的格子裡寫上「失業」兩個字。

一開始，爸爸看起來不怎麼難過。第一天下午，我從學校回來，發現他正在他的工作室裡吹著口哨。

爸爸把車庫變成他的工作室，裡面放了一堆雜七雜八的東西，像是木板、塑膠桶、燙衣板、壞掉的家具、破了洞的椅子。這些東西都是他自己從回收場或是街上的垃圾桶裡撿回來的。

「藝術家都會在垃圾桶翻來翻去撿東西，這是大家都知道的事。」我爸爸總是這麼說。

他用那些工具加上自己的想

像力，讓一些老舊的垃圾重新活過來。他甚至還把一個舊的浴缸變成沙發床，把舊的蓮蓬頭變成一盞立燈。

我站在廚房的餐桌前，大

口咬著一塊塗了果醬的烤麵包，一邊看著爸爸在旁邊刨一片木頭。他穿著那套到處都是拉鍊的藍色連身工作服，灰頭髮捲捲的，眼睛像中國人一樣瞇瞇的，看起來真是帥呆了。

「你看，珍妮（我的名字是艾珍妮，可是我爸都叫我珍妮），這幾年都沒時間整修這棟爛房子，我趁這個機會全都修理好了。」

他指著水槽上面的綠色櫃子，那個剛完成的綠色櫃子，還聞得到沒乾的油漆味呢。他抬頭挺胸，一副得意洋洋的模樣，我忍不住笑了起來。

「看哪，這就是我的作品。」爸爸說。
「哇喔，媽媽一定超級高興的。」
「她當然會很高興嘍！而且，你還沒全部看完呢！」
然後，爸爸好像在舞臺上演戲似的，用一個很誇張的動作把烤箱打開。

「登登登登，」爸爸把一道菜端到我的鼻子前面，「乳酪焗烤小馬鈴

薯，自己做的喔！這樣就不用再吃冷凍披薩了，對不對，我的珍妮？」

兩個小時後，媽媽回來了，兩手捧著一大把花（她在一家花店工作），美麗的黑髮上繫著一條紅色的髮帶。當她看到那個可怕的栗子色壁櫥已經躺在垃圾

桶裡時，淺褐色的大眼睛睜得圓圓的，還發出開心的尖叫聲。她摟著爸爸的脖子，親了爸爸的嘴巴。我把頭稍微轉向旁邊，因為每次我看到他們這樣都會有一點尷尬。

爸爸開了一瓶不錯的葡萄酒，也給我喝了一點蘋果汽水，我們狼吞虎嚥的把烤馬鈴薯吃得乾乾淨淨。簡直就像在過聖誕節，或者像在過我的生日。可是，這其實只是因為爸爸丟了工作。以前我還不知道，失業可以讓人這麼高興呢。

雖然小孩子不是什麼事情都懂，不過如果別人有心

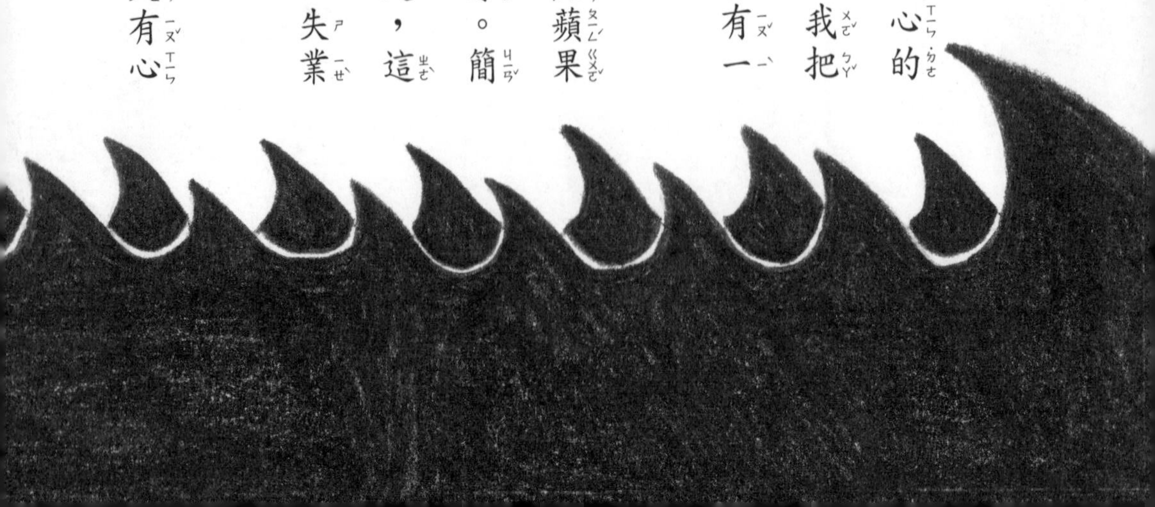

事，我們都會感覺到。我們就像一塊大海綿，可以把看不到的東西都吸進來。這一次，我立刻感覺到，爸爸這麼做只是努力不要讓自己沉下去。

第二章

夢想中的小木屋

第一個星期，爸爸四處奔波。他去「國家人力資源中心」跟那些替失業者找工作的公務員面談，去工廠和辦公室面試。回家的時候，他開心的說：

「我跟你們說，我快找到

工作了，不會拖太久的。」

他一邊找工作，也一邊整修家裡。漆完所有的木片百葉窗和我房間的天花板之後，就開始幫我蓋小木屋。

小木屋呢！我從很小的時候就夢想要有一間小木屋。我們搬來這個有中庭的公寓之後，爸爸就答應我，要幫我在花園裡的胡桃樹上蓋一間小木屋。

「一間漂亮的小木屋，有真正的窗戶，還有一個小小的平臺。不是家樂福賣的那種塑膠玩具屋喔！」

但是後來，我沒有得到有真正窗戶的小木屋，什麼都沒有。每天晚上，爸爸下班回家後就整個人倒在沙發上。週末的時候，他也要休息，因為他的背很痛。

「艾珍妮，你不要怪他，」媽媽跟我說：「爸爸的工作很辛苦，每天從早到晚都要搬一箱一箱的東西，你知道，這是很累人的。」

我知道，可是我還是有一點怪他。為了不要太難過，我去梅第的小塑膠屋裡玩。梅第是我的鄰居，也是我在這棟公寓院子裡最要好的男生朋友。他有五個兄弟姊妹。因為我是獨生女，所以我很

喜歡去他家玩。

他的媽媽叫做愛梅，是一個胖胖的女人，身上有媽媽的味道——洗衣粉和灑了糖霜的杏仁蛋糕的味道。每次看到我，她都對我說：「啊，我的小女孩！」還摟著我的脖子，把我緊緊抱在她熱呼呼的胸口。

我喜歡梅第家的噪音：七嘴八舌的聲音、叫聲和吵架聲；他們家的褲子、襪子晾得到處都是，好像一個大花園。

梅第喜歡我家的平靜。我們可以

好好的講完一句話而不會被打斷，也可以安安靜靜的做功課。梅第說，安靜是上天送的禮物。

當爸爸把小木屋的第一塊木板放到胡桃樹上的時候，梅第一家人都擠在窗戶旁邊看。

裘安、卡希瑪、里耶斯、琵雅、哈希都擠在窗邊，連他的爸爸托尼諾也來了。他們站在窗口幫我們加油。爸爸喜歡有觀眾看他，他最愛耍寶了。

於是，他演出了特別節目，邊拋接螺絲起子，邊跟大家打招呼。我在旁邊當爸爸的小幫手，拿釘子、螺絲給他，如果木板不太重的話，我也可以拿給他。我的夢想就要一步步完成了，沒多久，我就可以在樹上睡覺了。

後來，有一天晚上，爸爸從「國家人力資源中心」垂頭喪氣的回來。他跟媽媽說他累了，沒吃飯就去睡了。媽媽想跟他說話，可是他低聲說：

「明天，明天再跟你說吧，我要先靜一靜。」

我跟媽媽安安靜靜的吃了晚餐。我明白了一件事：安靜，可不一定是上天的禮物啊。

第三章

難道我老了嗎？

第二天早上，吃早餐的時候，爸爸把事情都告訴了我們。他去見一個原本要給他工作的老闆，後來，當他知道爸爸的年紀以後，就馬上說這個工作需要一個比較年輕的人，他實在實在很抱歉。

對爸爸來說，這是一個很大的打擊，比他之前工廠倒閉的打擊還大。

沒錯，我爸爸是五十歲，做為一個爸爸來說，他的確是有一點老。在學校，大家都以為他是我爺爺。也因為這樣，所以我是獨生女。

爸爸在廚房裡踏著大步，大聲叫著：「我老了？你看看我老了沒有！」

他蹲下去好幾次，證明他所有的肌肉都沒有問題。兩隻手臂像風車一樣旋轉，像是在跳街舞。我看了好想笑，可是現在真的不是時候。爸爸的臉都紅了，而且愈叫愈大聲。媽媽站起來，抱住爸爸。她緊緊抱著爸爸，他才開始冷靜下

通常，都是爸爸安慰別人。爸爸就是我的堡壘、我的堤防。可是我的堤防剛剛潰堤，整條河的水

來。他坐下來，把頭埋在手裡，哭了起來。

這是我第一次看到爸爸哭。

都流進家裡了。

水愈來愈高，一直淹到我的眼睛。我覺得我快要被這些水淹沒了。後來，媽媽碰碰我的手臂說：

「艾珍妮，時間不早了，我帶你去

上學。」

她的話彷彿是個救生圈，媽媽在狂風巨浪的大海上丟給我一個救生圈。我接住之後，用全身的力氣緊緊抓著，然後，我開始游泳，一直游到學校。

第四章

烏雲籠罩的日子

「艾珍妮，要不要來玩？」

叫我的人是琵雅，雖然她紮了很多束頭髮，長得又很像小丑，但是她是我最要好的女生朋友。平常，我一看到她就會笑，可是今天，我一點都不想玩，也不想笑。胸口感到好沉重，壓得我呼吸困難。

「快點，你到底來不來嘛？」

她從袋子裡拿出幾顆大彈珠，丟在柏油地上。

「你好像一早就心情不好喔！」

我搖搖頭。

我爸的事，我什麼也沒跟她說。

我想爸爸應該很快就會找到工作，而且我可能也覺得有一點丟臉吧。

康當從我們旁邊跑過去，他跟平常一樣拍了我的頭一下。這種事只有

他自己覺得好玩，根本不管我會不會痛。

「小妹妹，一切順利嗎？」

「你少來煩我們！」琵雅對著他大喊。

班上的男生都不怎麼聰明，一天到晚只會找人打架。「那是賀爾蒙在他們身上作祟。」媽媽總是這麼說。

我也一樣，今天我的身體裡面也有一些賀爾蒙在賽跑。

「隨堂測驗！」老師

一走進教室就這麼說。

平常，我很喜歡數學，可是現在，所有的數字都混在一起了。琵雅和康當都專心的寫著考卷，他們緊握著原子筆，寫得飛快，一副全部都懂的樣子。我放下鉛筆，看著窗戶外頭。我會得零分吧，反正這又不是世界末日！

下午回到家，我發現爸爸低著頭在他的文件上寫字，餐桌上到處都是文件。

「到底要怎麼辦？到底要怎麼辦？到底要怎麼辦哪！」

他重複這個句子，用食指按著計算機。

我用雙手環抱著爸爸的脖子說：

「什麼事情要怎麼辦啊？爸爸。」

他指著天花板、窗戶和牆壁。

「付這些東西的錢啊！如果我找不到工作，我們很快就會完蛋了！」

我往後退了一點，看著爸爸。他沒刮鬍子，T恤的袖子破了。突然間，他看起來好老，我覺得很害怕，怕我們以後沒房子、沒錢、

沒爸爸，也沒辦法生活
下去了。
於是我跑去梅第家。梅第的媽媽
用大大的笑容和她做的蜂蜜蛋糕來迎
接我。

「啊，我的小女孩。」她說。

薄荷茶和洗衣粉的味道聞起來很香。我閉上眼睛，聽著他們家吵吵鬧鬧的聲音。這些聲音在我腦中變得像是一段音樂，讓我覺得安心，帶著我遠離我家的安靜。

梅第拉著我的手，帶我去那個塑膠玩具屋。我們都戴上海盜的帽子，揮著我們想像的劍。梅第鬆開纜繩，我把船帆升起來。大海很平靜，陽光很耀眼。然而，在外頭真正的生活裡，天空裡都是沉沉的烏雲。

第五章

飛行物體比賽

接下來的幾個星期都很不好過，讓人很沮喪。雨開始落在我那棟沒有屋頂的小木屋上頭。爸爸陷在憂愁裡，他覺得自己是一個「廢棄物」。其實也可以說，是他做了很多事讓自己變得像是「廢棄物」。我想到他工作室裡那些破了洞的椅子。對爸爸來說，刷個油漆顯然還不夠。

媽媽也不知道該怎麼辦了。她下班回家的時候總是捧著一大把花，家裡都是玫瑰和百合的香味。這些花插在花瓶裡，彷佛是用它們美麗的顏色在嘲笑我們——我們的心都是灰色的。

「你打電話去『國家人力資源中心』了嗎？」媽媽問爸爸。

「沒有用的，」爸爸回答：「而且，他們已經有我的電話號碼了……」

爸爸整天都在看電視，有時候則是在睡覺。

他沒事可做，可是他也不整理家裡。他不做晚餐、不洗衣服、不做家事，簡直可以說是死了。

學校是我的避難所。琵雅會逗我笑，沒幾分鐘，我就忘了所有的煩惱。連康當和路卡都講了幾個爛笑話給我聽，我的心情全變了。

有一天，老師告訴我們，最近有一個比賽，是給全國三年級的班級報名參加的。

「參加比賽的班級要製造一

個飛行的物體，我們想怎麼做都可以。十一月底，所有參加比賽的班級會集合在大體育館裡。獲勝的班級可以到土魯斯的太空城參觀。」

「耶！」康當大聲叫了起來：「老師，我們可以參加吧？」

「可以啊，只是有一個條件，我們得找到家長來幫我們。」

一大碗的空氣灌進我的肺裡，

我想都沒想就舉起手說：

「我爸爸！我爸爸的手藝很厲害，而且他有……有一點時間。」

回家的路上，這件事在我的小腦袋裡轉個不停。不知道爸爸會不會答應？

吃晚飯的時候，我終於鼓起勇氣。爸爸正把盤子裡的通心麵往前推，這陣子他吃得不多，媽媽故意用逗趣的模樣說著白天發生的事，看看能不能緩和一下氣氛。這時候我說話了：

「爸爸，我需要你！」爸爸慢慢的抬起頭，看著我回答說：

「我也是，我的珍妮，我也需要你。」

我忍住沒有撲倒在爸爸的懷裡。他的聲音好溫柔，悲傷的眼睛讓我感到很害怕。我繼續說：

「爸爸，是學校的事啦，我們要參加飛行物體大賽，老師說一定要有一個手藝很好的爸爸，於是我就想到你……」

爸爸把他的手放在額頭上。

「我覺得……我不覺得……我是說，不行，我的珍妮，不行啦。我……」

爸爸看著天花板說：「……很累。對，就是這樣，我覺得整個人的力氣都用完了。就好像我叫你去拖一輛兩噸重的卡車，就是叫你去拖喔，我的小珍妮，你會受

不了的，對不對？」

我回答說對，我會受不了。然後我默默的把通心麵都推到盤子的邊邊。

晚上躺在床上的時候，我聽到爸爸媽媽在客廳裡講話。媽媽的聲音很嚴厲，她說：

「保羅，你不能像這樣整天關在家裡看電視。你看你！鬍子不刮，澡也不洗。你應該走出去的。我知道我要求你做的事很難，可是我還是要拜託你去艾珍妮的學校。我拜託你去做這件事，為了艾珍妮，也為了我。」

我沒聽到爸爸的回答。客廳裡安靜無聲。

安靜已經和我們這家人認識好一陣子了。

第六章

爸爸上學去

第二天，爸爸跟我同時起床，這可是最近很少見的事。他刮了鬍子，穿上漂亮的黃襯衫，身上還帶著香皂的味道。我親他臉頰的時候，他說：「我跟你一起去學校。」

我跳到爸爸的脖子上，大叫一聲：「喔耶！」家裡迴響著我的叫聲。安靜可以回家去了。

爸爸走路的速度跟蝸牛一樣，所以我花了比平常多一倍的時間才到學校。我們手牽著手，有時候爸爸還對我微笑。

老師已經在學校了，爸爸向她走去。老師的個子太小了，她得抬起頭才能跟爸爸說話。爸爸自我介紹之後，老師請他進去教室裡面。我讓他們兩個自己講一下話。上課鐘響以後，老師和爸爸站在黑板前面等著我們。

爸爸站在全班同學面前，兩條腿在發抖。康當用手摀著嘴巴，一副快要笑出來的樣子。康當看著路卡，路卡的眼睛轉來轉去，意思好像是：「這個傻呼呼的老傢伙是誰啊？」

突然間，我在爸爸的臉頰上看到一小根鬍子，那是他早上沒刮掉的。他的黃襯衫也沒有燙過，一直到袖子都是皺皺的。我用力撐住眼皮，不讓眼淚掉下來。

「艾珍妮的爸爸答應幫我們一起參加比賽。」老師說。

「耶！」班上同學都大聲叫了出來。所有人的眼睛都轉過來看我。

「明天早上的美勞

課，孟特拉先生會過來幫大家想想看，我們要做什麼飛行物體。從下星期一開始，我們就動手做。」

老師請爸爸跟大家說說話，爸爸先是把手指扭來扭去，之後講起話來也是東倒西歪，字跟字撞來撞去似的，看起來好像一個生病想不起事情的老先生。

我簡直快要不能呼吸了。教室裡的安靜是一種讓人尷尬的安

靜。後來，爸爸開始說他在車庫裡做的東西，還有他在路上撿的東西、他修理好的機器、他調整好的引擎。他還說了他做的狗狗滾輪車，或是可以自動清洗的烤麵包機。

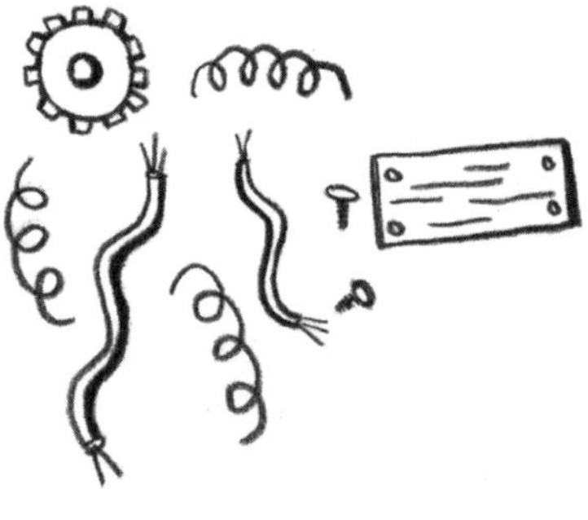

教室裡出現一些笑聲，不過不是嘲笑，反而有一點像是崇拜的聲音。

連班上最調皮的路卡都聽得津津有味。

爸爸看著天花板，他的眼睛閃閃發亮。這對眼睛已經很久沒有這樣發亮了，簡直就像夜裡的兩顆小星星。爸爸一邊說，一邊誇張的擺動他的手臂。他說，如果我們想發明什麼不存在的東西，就得要有一些最異想天開的點子。

他說，這樣的發明不一定會成功，但是我們還是要試試看。

說到這裡，全班都鼓掌了。我感到得意極了。

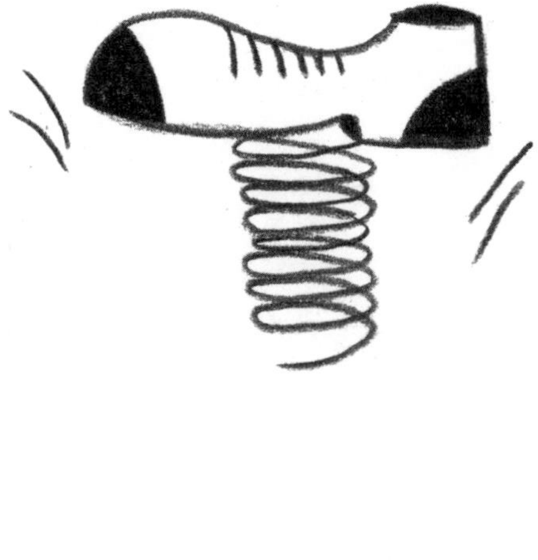

然後，爸爸說他先回去了，他明天會再來。路卡從椅子上跳下來，跑去幫我爸爸開門，好像他是一個很了不起的大人物。

爸爸跟我眨眨眼，他有一點臉紅，他看起來突然變得年輕多了。

在學生餐廳裡，所有人都想坐到我旁邊。

「你爸爸好棒喔！你真是幸運。」

康當對我說。

「你們家一定很好玩。」

路卡說。

我想到的是，我們已經很久沒在家裡嘻嘻哈哈了。失業就像一個裝滿煩惱的箱子，真不該有人發明這種東西。

第七章

意想不到的飛行物體

下午回到家，我發現爸爸正在整理工作室裡的東西。他把塑膠類放在一邊，木頭類放在另一邊，還準備了一些小工具。

他把我緊緊抱在懷裡，一直親我。我跟他說謝謝。

謝謝他拖著兩噸重的卡車，一路拖到我們學校。

第二天早上，爸爸在廚房等我，他已經準備好塗果醬的烤麵包和熱牛奶了。他把鬍子刮得乾乾淨淨，還穿了一件時髦的粉紅色襯衫。媽媽已經出門了，因為今天花店有很多花要送。

蝸牛在夜裡變成了野

免，我簡直快跟不上爸爸的腳步。往學校的路上，他不是用走的，而是用跑的。

「快一點！珍妮，我們要遲到了！」

他帶了一個手提箱，裡頭裝滿紙、硬紙板和黏膠。這可是個真正的行動工作室。

路卡已經站在校門口等我們了。他一看到我們，就很用力的跟我們揮手。

「早安，孟特拉先生。您好嗎？您看我帶了什麼來。」

他從書包裡拿出一隻硬紙板做的小鳥，羽毛是螢光綠色，甚至還看得到膠水的痕跡。

「這是你做的嗎？小伙子。」爸爸問他。

路卡得意洋洋的挺起胸膛，我忍著不

要笑出來。他做的小鳥很像我們在幼兒園小班做的東西。

「當然嘍！您覺得怎麼樣？孟特拉先生。」

「我覺得你應該會是一個很好的小幫手。」

路卡臉紅了。他拉著我爸爸的袖子，一直走到教室。老師正在黑板上用黃色的粉筆寫著：「我們的飛

行物體。」

「艾珍妮和路卡，你們先去外面跟同學玩。孟特拉先生和我，我們需要一點時間整理工作室。」

琵雅帶著她那些麻雀蛋一樣大的彈珠在走廊上等我。我們用色鉛筆排成一個通道要讓彈珠滾過去，才剛排好，上課鐘就響了。大家擠來擠去，爭先恐後的走進教室。

老師生氣了，她要大家走出

去，然後安安靜靜的兩個兩個走進來。我們安靜的坐下，可是心裡都興奮得像跳蚤一樣。

「大家好。」爸爸說。

「孟特拉先生好！」全班同學一起回答。

爸爸說，開始進行我們的計畫之前，他希望能認識每一位同學的名字。他說，在成為一個團隊之前，我們都是一個一個的個人，他對這部分很有興趣。

每個人都帶著一點害羞，把自己的名字唸出來。輪到我的時候，大家都笑了。

接下來，爸爸告訴我們，開始做東西以前，得先談一談這個東西。每個人都要發表意見，說一下對他而言，飛行物體是什麼，飛行物體讓他想到什麼。

大家七嘴八舌的討

論起來，老師大喊：

「一個一個來！」

要想像一個不存在的東西，真是一件難事。

我們的想法都笨笨的，不怎麼厲害。大家想到的都是小鳥、飛機、直升機、蒼蠅、蜜蜂……。

爸爸搖搖頭，他又開口說話了，他說我們可以趁這個機會隨性做夢或胡思亂想，如果這次我們想贏得比賽，就得做出一個意想不到的東西。

「譬如一隻會飛的大象！」

路卡沒舉手就說了。

「我的意思你完全明白了。」爸爸說。

爸爸在教室裡走來走去，好像他一輩子都在做這件事似的。我的心揪了起來，眼淚好像湧上眼眶。

如果「國家人力資源中心」的老闆看到的話，他一定會立刻雇用我爸爸。

第八章

每個人都可以做一根刺

想出「刺蝟」這個點子的人是康當。他說今年夏天，他在祖母家的花園裡，發現一隻刺蝟每天晚上都會跑出來。

「牠實在太可愛了，灰色的嘴巴小小的，兩顆眼睛中間有一片白色的斑點。我還給牠取

了一個名字呢，叫做『扎扎』。」

康當把頭低下去，他的聲音在顫抖。

「可是某一天晚上，牠沒出現。我的祖母說牠一定是去約會了，刺蝟也可以談戀愛。」

全班的同學都大聲笑了。

「可是『扎扎』不是去約會，牠死掉了。第二天，我們在房子旁邊的馬路上找到牠，

牠被一輛汽車壓死了。」

教室裡突然安靜下來，這種安靜像有好幾噸重。

「所以，」康當繼續說：「如果刺蝟會飛的話，牠們就永遠不會被車子壓死了。」

「這個故事很感人，」爸爸說：「而且，刺蝟的好處是，每個人都可以做

一根自己的刺。」

爸爸還說，不管我們想用什麼材料，都有辦法做出一根刺。可以用布、紙板、鐵、細繩子、粗繩子、塑膠。

下課鐘響的時候，大家都在討論這件事：

「你呢？你的刺呢？你要用什麼材料做？」

課間休息結束以後，爸爸發給我們一些材料。各種顏色的布紋紙、各種厚度的紙板、布料、通草和膠水。

「要讓你們的雙手說話，傾聽你們的手要跟你們說什麼。去摸一摸這些材料吧，讓材料帶著你們創作。」

我拿起我用鉗子剪下來的一段鐵絲，還挑了一片黃色的布紋紙。我開始用鐵絲繞著布紋紙規律的轉呀轉。教室裡到處都是剪刀的喀嚓聲和紙的摩擦聲。爸爸說我們可以多試幾次。我用紅色的絨布做了第二根刺，又用紙板做了另一根。

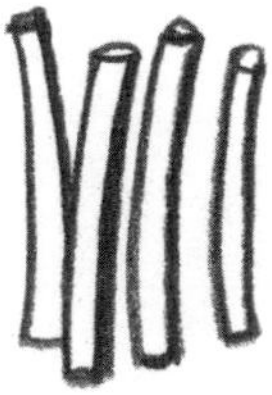

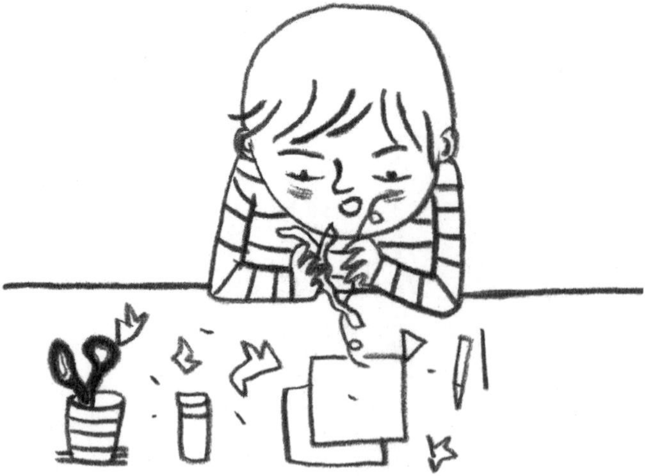

中午的下課鈴響了，大家都嚇了一跳，因為沒有人發現時間過得這麼快。

我看著琵雅做的刺。她用的是一個塑膠袋。她把塑膠袋弄得皺皺的，像是布料一樣，不過當她對著那些刺吹氣的時候，塑膠袋就會充氣，像是蝴蝶的翅膀。

「你看，如果我弄出一些風的話，我的刺就快要飛起來了。」

教室裡吵翻天，大家七嘴八舌的，每個人都在講話：

「你看我的刺！你做的呢？給我看！」

教室簡直像個菜市場，不過老師並沒有大聲制止我們。她知道那是我們歡樂的喧譁聲。

每個人都拿著自己的刺揮來揮去，還伸到爸爸的鼻子前面給他看，到後來，爸爸都不知道要把頭轉向哪一邊了。老

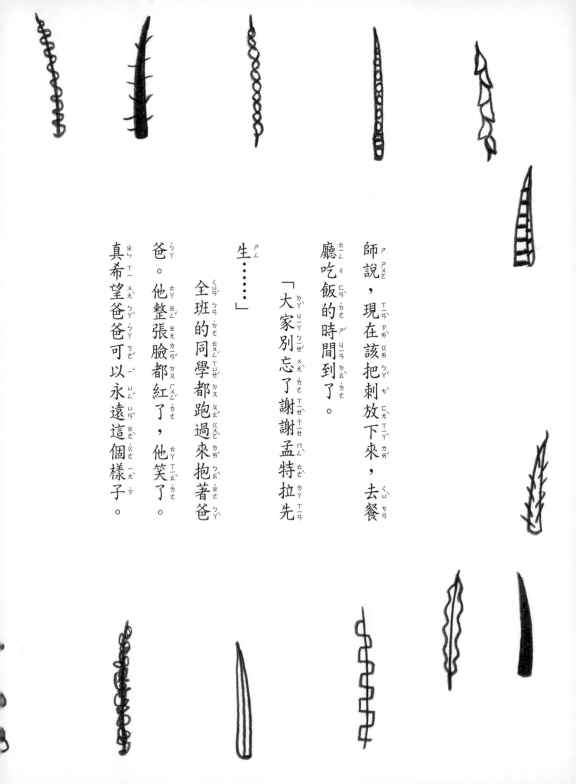

師說，現在該把刺放下來，去餐廳吃飯的時間到了。

「大家別忘了謝謝孟特拉先生……」

全班的同學都跑過來抱著爸爸。他整張臉都紅了，他笑了。

真希望爸爸可以永遠這個樣子。

第九章

飛行刺蝟

下午從學校回來的時候，我看到爸爸坐在餐桌前，做著各式各樣的算術。他不再看電視了，大部分的時間都在工作室裡摸他的螺絲和螺帽。他不停的試驗、拆掉、重做。有時候，我會聽到他大叫：「搞

什麼啊！」

有一天晚上，爸爸甚至還帶媽媽去餐廳吃飯，像是回到以前的美好時光。那天晚上，我住在梅第家。

下個星期一，爸爸說，時候到了，該讓我們的刺蝟飛起來了。他在黑板上畫了一堆圖，讓我們了解推進器的運作方式。

然後，我們一起折了一臺舊的食物調理機，仔仔細細的觀察清楚。接下來，我們還得把它裝

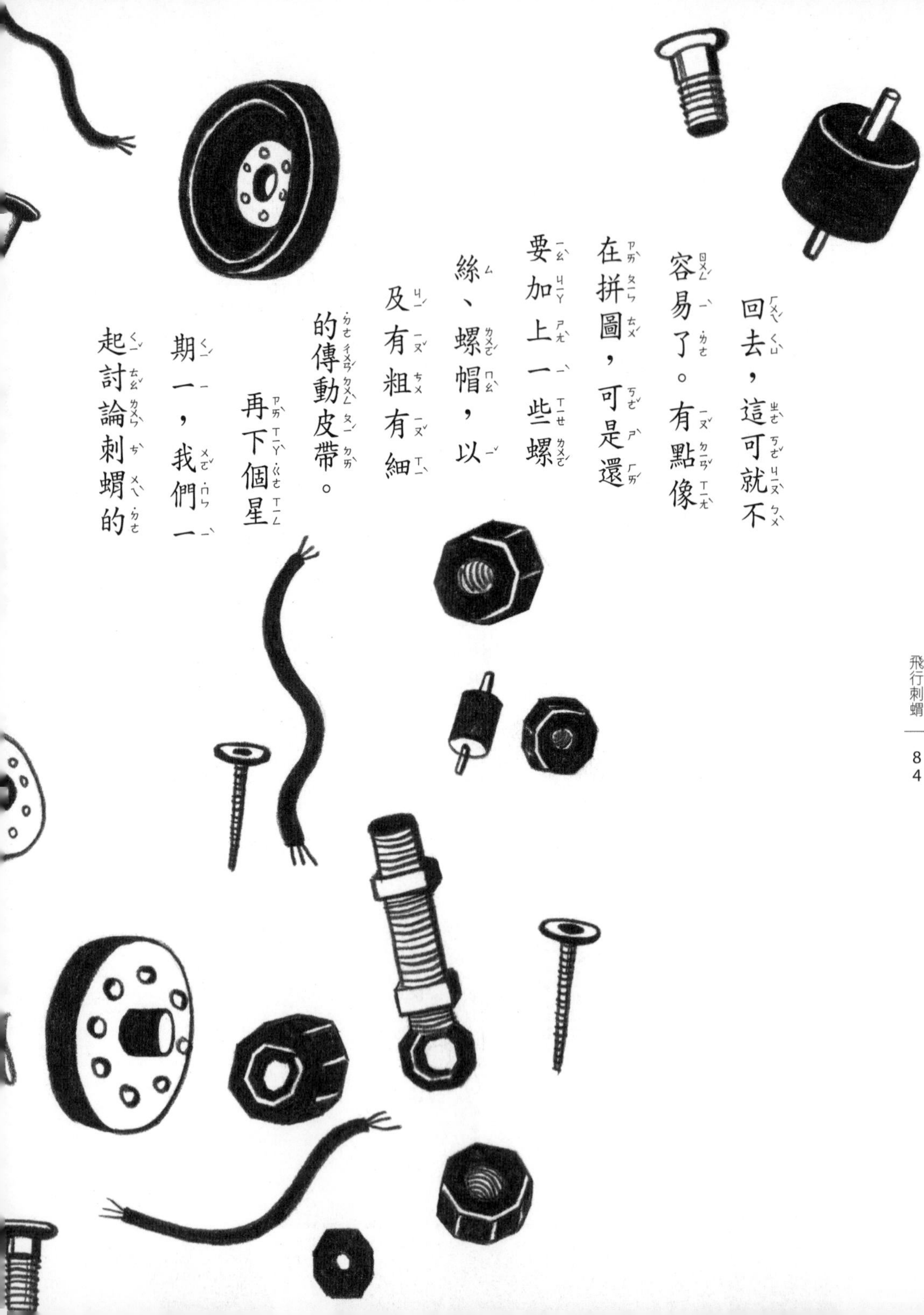

回去，這可就不容易了。有點像在拼圖，可是還要加上一些螺絲、螺帽，以及有粗有細的傳動皮帶。

再下個星期一，我們一起討論刺蝟的

身體，想著要用什麼來做？要怎麼做呢？

「你們得去跟身邊的人討論，」爸爸說：「很多想法經常都是在談話的時候跑出來的。去問問阿公、阿媽，看他們有沒有什麼收在閣樓上的舊東西可以拿來給我們用。」

路卡帶來一頂阿兵哥的鋼

要用什麼來做？要怎麼做呢？

盔，他說他的祖父打開一個很舊的皮箱，結果一整天都陷在他的回憶裡。

「我還看到一張阿公舊情人的照片喔！那個人根本不是我阿媽！」

康當帶來一頂祖母的帽子，我帶了一個製冰盒；珍娜帶來一個救生圈；羅倫佐帶了一顆泡棉做的足球；蕾雅帶了一個菜葉的脫水籃；琵雅帶來一個舊式的濾鍋，是用很輕的鐵做的。

爸爸拿起濾鍋掂了掂重量，仔細看了一下。大家都發表一些意

見。如果我們希望刺蝟能在比賽那天飛起來，身體加上那些刺就不能太重。大家一致同意要用蕾雅的濾鍋。

我們又花了一節課，把所有的刺都固定在濾鍋上，

還做了一個推進器。爸爸跟我們說，他得自己一個人在工作室把剩下的工作完成，因為焊接的工具很危險。

一個星期後，終於大功告成了。星期六的下午，全班同學跟老師一起來到我們家。媽媽一整天都跟我們在一起，她才不願意為了其他事情而錯過這件事呢。

爸爸不准我進他的工作室，他希望這件事對我來說也是一個驚喜。他準備了一些可麗餅和柳橙汁，我們吃吃喝喝得很開心。

後來，康當撲到那張浴缸

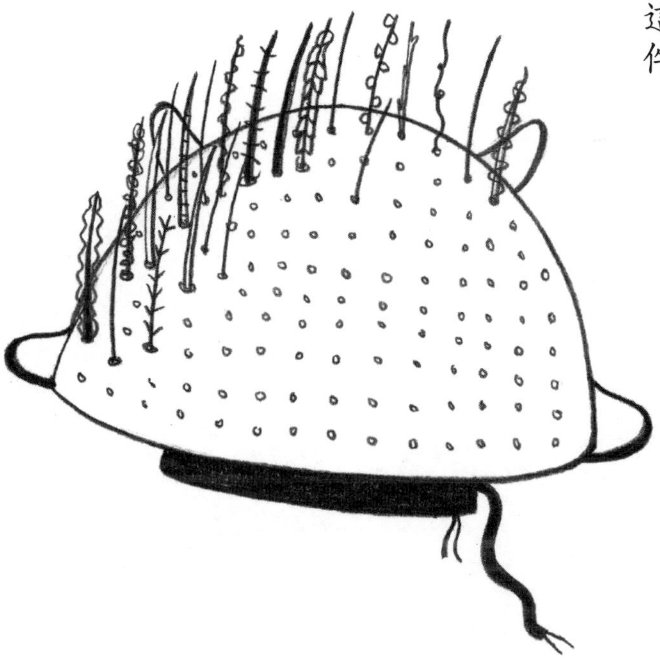

沙發床上，他大叫：

「這個太讚了吧！」

一下子，所有人都跑到客廳去欣賞我爸爸的大作。我的臉紅得像顆番茄，好像這些讚美也有我的份似的。

爸爸把我們集合在電視機前面，他說

要拿東西給我們看。

他把一捲錄影帶放進錄影機，我們看到他那件寬寬大大的、到處都是拉鍊的連身工作服出現在電視的螢幕上。

因為他要切割和焊接鐵片，所以還戴著面罩和手套。在影片裡，我們看到他用一大片金屬在做刺蝟的肚子，然後把它焊在濾鍋上。這一切真是太神奇了！

後來，我們靜靜的走進他的工作室，沒有推擠，這種情況實在太少見了。大家都緊挨在一起，這樣每個人才都看得見，這時候爸爸掀起了一大塊白布。

　　這是個神奇的時刻，也有一點莊嚴。一隻五顏六色、很棒的刺蝟出現了。它的刺有的是布做的，有的是鐵做的，有的豎起來，有的倒下去。每

個人都認得自己做的那根刺。大家都專心的欣賞著刺蝟，先是一片靜悄悄，接著是一陣歡呼。大家手拉著手，又跳又笑。

爸爸要我們跟他一起去花園。天空很晴朗，他把刺蝟輕輕放在一塊木板上，然後把裝在刺蝟肚子上的發條旋緊，螺旋槳開始慢慢旋轉，刺

蝟就飛起來了，像直升機那樣。

刺蝟慢慢的飛上天空，它的二十四根刺在陽光下閃耀著光芒，可是最閃亮的，是我爸爸的微笑，還有我媽媽的眼睛。

我們得了飛行物體比賽的第二名。

第一名的飛行物體是一隻……大象。大家都快笑死了。我們有一點失望，因為不能去太空城參觀。不過，我們的刺蝟實在太成功了，所以大家都說好明年要再參加一次比賽。

爸爸還是沒有找到工作，不過他去參加了職業訓練，決定成為兒童休閒中心的美術老師。他搬紙箱已經搬夠了。從現在開始，他不要再搬紙箱了，他要把紙箱變成藝術品。

我和梅第終於在樹上過了第一個晚上。我的小木屋實在太美妙了，有幾扇窗戶，還有一個小平臺。我想這是我們鎮上最漂亮的小木屋！

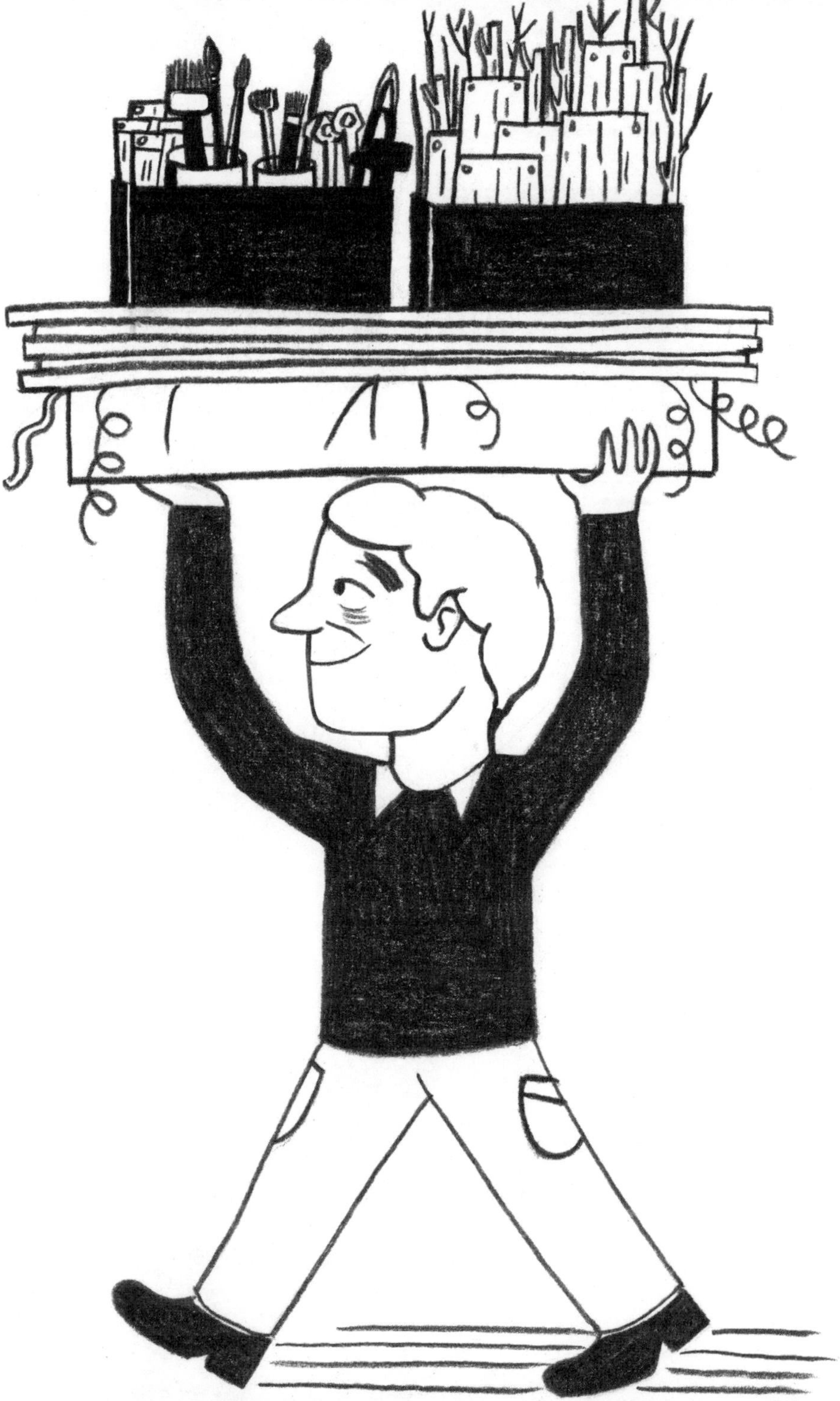

456讀書會

不管是大人或小孩，面對壓力的調適都有不同的方式。
故事中珍妮的父親失業，不只影響家中的生活，
也讓家中的氛圍隨之起伏，時而低靡，時而沉靜得嚇人。
透過 456 讀書會的練習，試著察覺家人的情緒，
給予支持，並陪伴彼此，走過情緒風暴。

活動一：情緒溫度氣象臺

設計想法：讓讀者透過閱讀，觀察每一個章節中珍妮、珍妮的父親兩人不同的情緒走向，由以下的指標附圖，了解故事中兩人的情緒變化與消長。

❶ 故事中，爸爸和珍妮的心情各自有不同的變化。請將每一章節故事中兩人的情緒起伏變化，用兩種不同顏色的線，依0~100分記錄於下圖中。

❷ 説一説，我們從哪些線索可以發現他們的心情轉換原因？爸爸的行為態度和珍妮的心情變化有什麼關係？

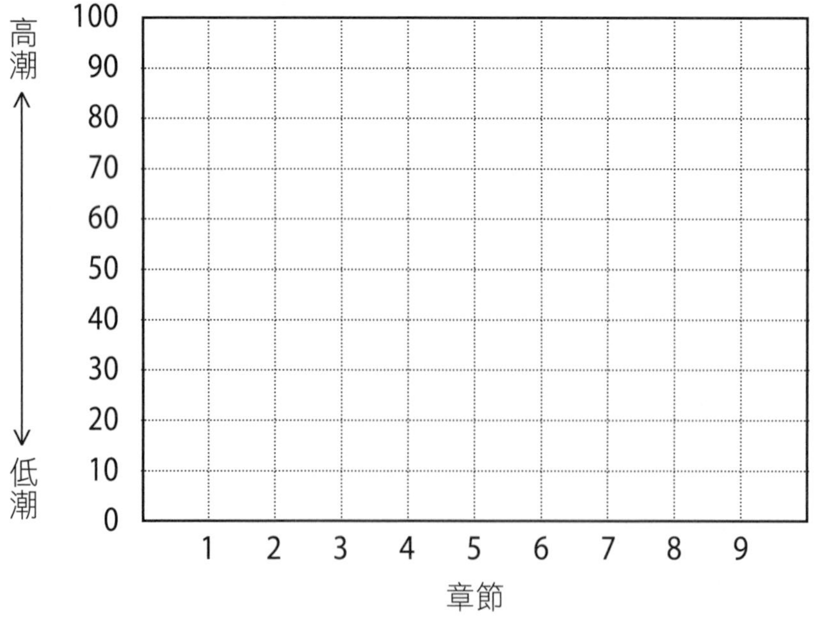

活動二：爸爸調查表

珍妮的爸爸擅長工藝，你的爸爸媽媽或是其他師長有沒有特別擅長做的事情？說一說，平時你覺得他們擅長的事情是什麼？也試著訪問他們，發現他們不為人知的一面吧！

我的＿＿＿＿＿＿調查表

我平時的觀察：

擅長的事情：

證據：

作者的話

大家都可以飛

◎阿涅絲・德・雷史塔德

有時候，生活像一輛兩噸重的卡車那樣重，有時候像一隻會飛的刺蝟那樣輕。

有時候，生活是這兩種感覺同時出現的綜合體。

當我有煩惱的時候，我會從垃圾桶中撿出一個舊東西，然後把它變成不同的模樣。然後，我會覺得自己變得很輕、很輕……

或者，我會選擇寫作，寫一個像艾珍妮的故事。因為在故事裡，大家都可以飛，就連刺蝟也可以。

繪者的話

小時候的夢想

◎夏洛特．德．林涅希

小時候，我有一大堆夢想：擁有神奇的魔力，或是在花園裡發現寶藏，或是遇見一個精靈。如果可以跟全班同學一起發明一個會飛的東西，我也會很開心。

我媽媽的手藝也很好。有一天她問我要不要做一個木頭的玩具屋，就像我夢想的那樣。這可不是容易的事，不過做好以後，所有的女生朋友都來我家玩這個玩具屋。我跟艾珍妮一樣，覺得很得意。

今天，我用鉛筆和十根手指頭就可以很輕鬆的把故事畫出來，但是用螺絲起子組合東西，對我來說還是比較困難。

帶領孩子讚嘆生命的柳暗花明

◎親職教育專家　楊俐容

「失業就像一個裝滿煩惱的箱子，真不該有人發明這種東西。」是的，沒有人喜歡挫折與失敗，但它們在人類歷史上從來不曾缺席。而在這個價值多元、變動頻繁的時代，挑戰與問題更甚以往，無論大人或小孩，如何面對挫折與失敗已成為人生必修的課題。

有人說「逆境有如人生的香料」，有人認為「挫折帶來生命的重擊」。人生失敗難免，但受挫之後，有些人意志消沉，從此一蹶不振；有人愈挫愈勇，得以浴火重生，差別就在於面對挫折的態度與因應失敗的方式不同。

特別是對於孩提時代遭逢家庭危機的孩子來說，父母只要能以「厄運不會一輩子、挫折只是一部分」的正向態度來面對失敗、化解危機，孩子就有機會學習對未來「始終積極樂觀、永遠懷抱希望」。《飛行刺蝟》展現的就是這樣的典範。

「雖然小孩子不是什麼事情都懂，不過如果別人有心事，我們都會感覺到。」珍妮這麼說，這也是每個孩子內心真實的感受。無論是從一開始的「並不怎麼難過、努力不要讓自己沉下去」，到第二波挫折造成的「潰堤、陷在憂愁裡」，乃至「整個人的力氣都用完了、變得像是『廢棄物』、簡直可以說是死了」，大人的情緒起伏其實孩子都記在心裡。父母親不需要刻意隱瞞家庭危機，因為不告訴孩子實情，只會帶給孩子更大的壓力與焦慮。

然而，「通常，都是爸爸安慰別人」，對孩子來說，爸爸媽媽是他們生命的堡壘，是他們情感的堤防。讓孩子知道再堅固的堤防也可能破損疏漏，有助於孩子發展出面對挫敗的勇氣，但父母更必須示範修補堤防的用心，與不讓堤防崩潰的努力，孩子才有機會看到希望。

面對危機，父母親無論如何都要比孩子堅強些，更必須拿捏分享情緒的力道，此時互相補位是非常重要的機制。「媽媽在狂風暴雨的大海上丟給我一個救生圈」，讓珍妮可以「用全身的力氣緊緊抓著」。媽媽在危機中擔負起掌舵的角色，帶領家庭度過風暴，那一份溫柔與堅定令人感動萬分。患難見真情，積極正向的家庭關係，永遠是度過難關最堅實的基礎。

困頓讓人志不能伸，但只要願意對更多的事情說「Yes」，也許會發現轉彎處別有風光。珍妮的爸爸持續發揮所長，在社區小學奉獻服務，不僅領略了工作之外的價值，也為自己的人生開拓另一條道路。

「山窮水盡疑無路」是人生常態，「柳暗花明又一村」則是最珍貴的挫折體驗。《飛行刺蝟》細膩如實的描繪，能夠讓更多父母具有勇氣和方法，帶領孩子讚嘆生命的柳暗花明。

給父母的小提醒

- 孩子不見得需要無憂無慮的童年，適當的挫折對孩子的成長將有助益。
- 父母自己碰到挫折時，也正是為孩子示範挫折忍受度的最佳時機。

- 和孩子分享生活中的負面事件與感受時，要注意孩子的承受極限。
- 當自己挫敗時，仍然要向家人表達你的愛，並接受他們對你的愛。
- 保持生活如常、持續奉獻所長，有助於我們度過生命的難關。

給孩子的小建議

- 爸爸媽媽碰到很嚴重的事情或很大的失敗時，也和你一樣會感到擔心、難過，甚至有不知道該怎麼辦的時候，這些都是很正常的。
- 當爸爸媽媽自己處在很不好的狀況時，有時候難免會對你發脾氣或不耐煩，記得告訴自己「這不是我的錯，他們其實也不想這樣」。
- 當爸爸媽媽有自己的難關要度過時，你可以去找信任的師長，告訴他們你心裡的擔心和害怕。
- 告訴爸爸媽媽你愛他們，會讓他們更有力氣去面對困難。
- 人生難免有困境，只要願意面對挫折、解決問題，它們就會成為你成長的養分。

推薦文

熱心冷靜的顧問——給予孩子走出風雨的力量

◎兒童文學大師　林良

一個孩子在十歲以前的文學讀物，是故事、童話和詩歌。這些美好的兒童文學作品，對成長中的孩子具有多方面的意義。那就是：文化傳承、語言學習、知識灌輸、品德培養。對父母和老師來說，這些讀物就像營養食品，而且都是最好的。

那個時候，父母的肩膀就像一座堅固的房屋，把風雨雷電擋在屋外。他們一心養育自己的第二代，對待孩子的態度是溫柔的。他們會挑選風和日麗的天氣，讓孩子看看窗外大自然的美麗。他們把自己的愛給了孩子，讓孩子知道人間有愛。他們不但希望孩子心中有夢，還幫孩子築夢，因為他們期待自己的孩子不但身心健康，而且還要懷著理想，將來能把世界變得更美好。

孩子漸漸長大，十歲以後，走出堅固房屋的機會漸漸增多。起初有大人的陪伴，慢慢的就得全靠自己去面對。這時候，他們最好的文學讀物就輪到「少兒小說」。少兒小說展現的，是一個屋外的世界。這世界有風有雨。這風雨卻要靠孩子自己去承擔。承擔要有力量，力量來自於幼小時候父母為他培育的善良和理想。

《打架天后莉莉》和《飛行刺蝟》這兩本書，帶領孩子進入一個「有風有雨的屋外世界」，那是一個「不希望有，卻偏偏存在」的世界。例如父親的失業和消沉，例如校園裡的霸凌事件。小說中的主角，都是跟成長中的孩子同齡的少年。這兩本書帶領我們的少年讀者去親近「在風雨中的孩子」，而且看到他們怎樣走出風雨。對成長中的少年讀者來說，我形容這兩本書就像是一位熱心冷靜的顧問。對少年讀者的父母和老師來說，也一樣是。

樂讀456 050

飛行刺蝟

文｜阿涅絲・德・雷史塔德
圖｜夏洛特・德・林涅希
譯｜尉遲秀

責任編輯｜沈奕伶、楊琇珊
特約編輯｜許嘉諾
美術設計｜陳彥伶
行銷企劃｜葉怡伶

發行人｜殷允芃
創辦人兼執行長｜何琦瑜
副總經理｜林彥傑
總監｜林欣靜
版權專員｜何晨瑋、黃微真

出版者｜親子天下股份有限公司
地址｜台北市 104 建國北路一段 96 號 4 樓
電話｜（02）2509-2800　傳真｜（02）2509-2462
網址｜ www.parenting.com.tw
讀者服務專線｜（02）2662-0332　週一～週五：09:00~17:30
讀者服務傳真｜（02）2662-6048
客服信箱｜ bill@cw.com.tw
法律顧問｜台英國際商務法律事務所・羅明通律師
製版印刷｜中原造像股份有限公司
總經銷｜大和圖書有限公司　電話：(02）8990-2588

出版日期｜ 2010 年 4 月第一版第一次印行
2021 年 3 月第二版第三次印行
定　價｜ 250 元
書　號｜ BKKCJ050P
ISBN｜ 978-957-9095-61-7（平裝）

國家圖書館出版品預行編目資料

飛行刺蝟 / 阿涅絲.德. 雷史塔德（Agnés de Lestrade）文；夏洛特.林涅希（Charlotte des Ligneris）圖；尉遲秀譯. -- 第二版. -- 臺北市：親子天下, 2018.06
112面；17X21公分. --（樂讀456；50）
譯自：L'envol du herisson
ISBN 978-957-9095-61-7（平裝）

876.59　107004551

L'envol du herisson
written by Agnés de Lestrade &
illustrated by Charlotte des Ligneris